DU

Très Riche

MOBILIER

Garnissant son Hôtel

31, RUE CAMBACÉRÈS, 31

—✳—

Magnifiques Diamants et Orfèvrerie

PARIS — 1896

IMPRIMERIE MAULDE et RENOU

MAULDE, DOUMENC & Cⁱᵉ

IMPRIMEURS DE LA COMPAGNIE DES COMMISSAIRES-PRISEURS

Rue de Rivoli, 144. — Paris

CATALOGUE

D'UN

TRÈS RICHE

MOBILIER

Ancien et Moderne

Beau Salon Louis XIV en tapisserie à sujets d'après TÉNIERS
Remarquable Chambre à coucher en bois rose
Meubles des XVIIe et XVIIIe siècles et de style, Pianos
richement ornés de bronzes dorés
Meubles incrustés et en bois sculpté, Glaces, Sièges
Importante Garniture de cheminée Empire, Pendules Louis XVI
Vases en marbre et bronze

GRAND ET BEAU LUSTRE EN CRISTAL DE ROCHE

BELLES TAPISSERIES, TABLEAUX

MAGNIFIQUES DIAMANTS

BRILLANTS, RUBIS, ÉMERAUDES, SAPHIRS

Environ 180 kilogrammes d'ORFÈVRERIE

Candélabres, Services de table et de toilette
Vaisselle plate de chez Odiot, Cosson, Corby, Hugo et Cardeilhac
Deux beaux Vases empire de travail anglais
Faïences, Curiosités, Objets de vitrine
Nombreux Meubles divers, Caisse de Fichet, Rideaux, Literie, Cuisine

VINS FINS

DONT LA VENTE AURA LIEU

Par suite du décès de Mme X...

EN SON HOTEL

31, RUE CAMBACÉRÈS, 31

Le Lundi 2 Mars 1896 et jours suivants

A DEUX HEURES PRÉCISES

COMMISSAIRES-PRISEURS

Me Georges BOULLAND	Me Frédéric LECOCQ
Rue des Petits-Champs, 26	Rue Richer, 41

Assistés de **M. B. LASQUIN**, Expert, rue Laffitte, 12

CHEZ LESQUELS SE TROUVE LE PRÉSENT CATALOGUE

EXPOSITIONS

PARTICULIÈRE	PUBLIQUE
Le Samedi 29 Février 1896	Le Dimanche 1er Mars 1896

DE UNE HEURE A CINQ HEURES

CONDITIONS DE LA VENTE

La vente sera faite au comptant.

Les Acquéreurs paieront, en sus des enchères CINQ POUR CENT applicables aux frais.

L'exposition mettant le public à même de se rendre compte de l'état des Objets, il ne sera admis aucune réclamation l'adjudication prononcée.

Les Commissaires-Priseurs et l'Expert chargés de la vente *se réservent* la faculté de réunir ou de *diviser* les lots décrits au présent Catalogue.

ORDRE DES VACATIONS

Lundi 2 Mars 1896

DIAMANTS ET BIJOUX

Mardi 3 Mars

DIAMANTS ET BIJOUX

Mercredi 4 Mars

ORFÈVRERIE

Jeudi 5 Mars

PORCELAINES, BRONZES, MEUBLES DU PREMIER ÉTAGE

Vendredi 6 Mars

FAÏENCES, CURIOSITÉS, BRONZES, MEUBLES, SIÈGES

Samedi 7 Mars

TABLEAUX, TAPISSERIES, RIDEAUX,

GRANDS MEUBLES DU DEUXIÈME ÉTAGE ET DU REZ-DE-CHAUSSÉE,

Lundi 9 Mars

VINS FINS ET CUISINE, MEUBLES DE CHAMBRES DE DOMESTIQUES,

LITERIE ET DÉBARRAS

MAULDE, DOUMENC et Cie. imprimeurs de la Cie des Commissaires-Priseurs, rue de Rivoli, 144.   1500—56497

Désignation

DIAMANTS ET BIJOUX

—

1 — Paire de magnifiques Boutons d'oreilles, composés chacun d'un très gros brillant solitaire et de deux autres petits brillants sur la bélière.
Poids environ 20 carats.

2 — Paire de Boutons d'oreilles, formés chacun d'un très beau brillant solitaire, monture bordée d'émail noir.

3 — Médaillon ovale avec son Collier en or émaillé noir et brillants. Le médaillon est orné d'une grosse rose forme poire au centre et d'un beau brillant sur la bélière. La chaîne est garnie de 16 brillants.

4 — Broche forme macaron, composée de 23 brillants.

5 — Deux Boutons d'oreilles, forme macaron, composés chacun de 11 brillants.

6 — Montre de dame en or avec boîtier, tour du cadran et bélière pavés de brillants.

7 — Très longue Chaîne de col en or, à mailles alternant avec 26 brillants; nœud, chaînette et mousqueton garnis de petits brillants et de roses.

8 — Broche de corsage formée de feuillages, grappes et pendeloques en brillants.

9 — Boucle de ceinture, forme rectangulaire en or, entourée de 32 brillants.

10 — Deux Pendants d'oreilles pendeloques à rubans, genre Louis XVI, pavés de brillants.

11 — Bracelet à brisures carrées, garnis de 31 brillants.

12 — Bracelet semblable au précédent, garni de 33 brillants.

13 — Grande Chaîne gourmette se divisant en cinq parties, formant trois colliers et deux bracelets, composée d'environ deux cents mailles, entièrement garnies de roses.

14 — Médaillon ovale avec coulant, entièrement pavé de brillants.

15 — Bague en or émaillé noir, montée d'un gros brillant.

16 — Bague d'or, montée d'un gros brillant.

Très belle Parure en saphirs et brillants.
Composée de :

17 — 1° Une Broche montée d'un saphir, entouré de deux rangs comprenant ensemble 30 brillants.

18 — 2° Deux Boutons d'oreilles, formés chacun d'un saphir entouré de 12 brillants.

19 — 3° Une Bague montée d'un saphir entouré de 10 brillants.

Très importante Parure en rubis et brillants.
Composée de :

20 — 1° Une Broche avec pendeloque ornée de 2 rubis et de 59 brillants.

21 — 2° Un Diadème (pouvant se diviser en deux bracelets) avec chaton orné de 3 rubis et de deux cercles composés de 34 brillants, les deux ailettes de forme fuselée sont ornées chacune de 5 rubis et de feuillages ajourés en brillants.

22 — 3° Deux Boutons d'oreilles ornés chacun d'un rubis entouré de 11 brillants.

23 — 4° Deux Épingles de coiffure à boules, pavées en spirales de petits brillants et rubis.

24 — Bague montée d'un très beau rubis entouré de 4 brillants reliés par 8 autres petits brillants.

25 — Deux Boutons d'oreilles, composés chacun d'un rubis entouré de 8 brillants.

26 — Bague d'homme en or, orné d'un rubis cabochon et de 2 brillants.

27 — Bague ornée d'un rubis entouré de 10 brillants.

28 — Bague ornée d'un rubis entouré de 8 brillants.

29 — Deux Boutons d'oreilles, formés chacun d'une émeraude entourée de 8 brillants.

30 — Bracelet gourmette en or avec 7 chatons, formés chacun d'une émeraude cabochon entourée de 12 petits brillants.

31 — Bracelet à entrelacs en or, orné d'une grosse émeraude cabochon entourée de 8 brillants et de roses.

32 — Bracelet semblable au précédent.

33 — Broche ovale ornée d'une grande émeraude table, entourée de deux rangs, composés de 30 brillants et de petites roses.

34 — Bague avec chaton carré, formé d'une émeraude entourée de petits brillants.

35 — Bague avec chaton ovale, formé d'une émeraude entourée de petits brillants.

36 — Bague avec chaton émeraude entourée de 12 petits brillants.

37 — Bague ornée de 3 émeraudes et de 2 brillants.

38 — Bague d'or avec petite émeraude et entourage de petits brillants.

39 — Bracelet serpent en or émaillé noir avec tête et corps pavés de petits brillants.

40 — Bracelet formé de deux serpents enroulés, en or émaillé bleu, dont les têtes et une partie du corps sont en brillants et les yeux en rubis.

41 — Bracelet formé d'un serpent, en or émaillé bleu, orné sur la tête d'un rubis et de 2 roses.

42 — Face-à-Main en or émaillé bleu, avec chiffre et entourage en petits brillants et roses, elle est accompagnée d'une chaîne avec médaillon cœur avec fleurs et brillants.

43 — Grande Broche ou Pendantif en forme d'ancre pavée de roses et garnie de 2 perles baroques.

44 — Broche ovale ornée d'une perle, au centre, de deux rangs de roses.

45 — Deux Boutons d'oreilles formés chacun d'une grosse perle entourée de 16 petits brillants.

46 — Bracelet gourmette avec chaton formé d'une grosse perle entourée de 13 brillants.

47 — Bracelet semblable au précédent.

48 — Médaillon ovale ajouré à grecque, orné d'une grosse perle au centre et d'une pendeloque perle poire avec garniture de brillants.

49 — Petite Broche, tête de bélier, en or et roses.

50 — Un petit Médaillon émail bleu garni de roses, avec sa chaîne jaseron, une petite Bague émail bleu et roses.

51 — Bague marquise montée d'une perle et pavée de petits brillants.

52 — Bague ancienne pavée de 9 petits brillants tables.

53 — Bague ornée de 3 brillants.

54 — Broche et deux Boucles d'oreilles en forme de couronnes de baron ornées de perles, de petits rubis, émeraudes, brillants et roses.

55 — Large bracelet d'or avec la devise : *Foi, Espérance,* en petits brillants et roses.

56 — Large Bracelet d'or avec devise : *Dieu te garde* en petits brillants et roses.

57 — Broche formée d'une figure d'ange en or ciselé, avec listel émaillé, supportant une croix pavée de 14 petits brillants.

58 — Broche, tête de lion, en or ciselé avec crinière en roses.

59 — Broche et deux Boutons d'oreilles formés de grenats cabochons entourés de roses.

60 — Trois Peignes en écaille monture or.

61 — Demi-Parure en or émaillé noir composé d'une Broche serpent avec perle pendeloque et deux Boucles d'oreilles trèfles, garnies de petits brillants et roses.

62 — Broche et deux Boucles d'oreilles forme ovale, œils de chat entourés de roses.

63 — Broche ronde en onyx entouré de roses et de petits rubis, un Médaillon ovale en or gravé et un Médaillon en argent.

64 — Croix en argent doré avec lettres A. E. I. en roses et une Demi-Parure formée de boules.

65 — Petite Montre de Genève avec sa Chaîne de col en or.

66 — Petite Broche formée d'un oiseau en or émaillé avec perle baroque ; une Épingle de cravate, boule en lapis avec mouche ; un petit Médaillon ovale en iaspe et or.

67 — Montre de dame à double cuvette en or émaillé.

68 — Deux Boucles de ceinture en or.

69 — Deux petites Broches et deux Boucles d'oreilles or et turquoises.

70 — Deux Boutons d'oreilles anciens montés chacun de 7 roses.

71 — Large collier à mailles plates en or avec Médaillon orné d'une étoile en petits brillants.

72 — Face-à-main en or ornée de roses avec sa Chaîne émaillée ornée de petites perles.

73 — Une Croix ornée de roses avec son Collier, un petit Bracelet et un bout de Chaîne or émaillé bleu et une petite Bague.

74 — Bracelet gourmette en or, avec attributs de la *Foi, l'Espérance et la Charité*, garni de roses.

75 — Grande Chaîne de cou en or.

76 — Quatre Pendants d'oreilles style grec avec perles.

77 — Deux larges Bracelets d'or avec camées têtes de nègres.

78 — Dix Boutons de chemise en or dont deux garnis de grenats et quatre émaillés bleu avec roses, plus quatre Boucles en or émaillé bleu.

79 — Bracelet d'or émaillé à cinq médaillons figures suisses; deux Pendants d'oreilles poires en or.

81 — Deux Bracelets en argent repoussé; deux Épingles de coiffure et un Peigne genre Louis XV; une Épingle à cheveux forme canne.

82 — Lot de Boutons de manchettes et de chemise; trois Épingles de cravate; un petit Médaillon et un Anneau avec petite perle.

83 — Bracelet en corail; Boucles de jaretières; Parure de boules noires; une Cassolette et une petite Broche demi-sphérique; un Parapluie à béquille d'or.

84 — Lot de débris de Bijoux en or et en argent et un lot de Boutons.

85 — Boucle rectangulaire garnie de strass sur argent doré.

ORFÈVRERIE

—

86 — Deux très beaux Candélabres à dix lumières, en
argent ciselé, de style Louis XVI. La tige balustre,
ornée de feuilles d'acanthe et de fleurs, supporte un
vase à festons de lauriers, d'où s'échappent les
branches porte lumières : *Exécution de Cardeilhac*.

87 — Deux très beaux Vases en argent ciselé, de *travail
anglais*, du temps de l'Empire, en forme d'urnes
antiques à deux anses surélevées et à piédouche,
offrant au pourtour des sujets allégoriques, sacrifices
et triomphes en bas-relief et des mascarons reliés
par des guirlandes; les gorges sont ornées de cannelures. Ces deux vases sont disposés en seaux à glace
à l'intérieur.

**Très important Service à dessert en vermeil
ciselé, de style Louis XVI** (*de chez Hugo*),
comprenant :

88 — 1° Deux Sucriers à fond mobiles, de forme ovale,
à deux anses, têtes de béliers, et quatre pieds volutes
à guirlandes de fleurs reposant sur une base à tore
de laurier; les couvercles ornés de cannelures et de
boutons de fruits et de feuillages.

89 — 2° Quatre Supports de coupes à trépieds volutes, terminés par des griffes et ornés de branches de lauriers.

90 — 3° Vingt-huit Assiettes à marli gravé à rinceaux avec bordure torc de laurier en relief. (Chiffre J. R.).

91 — Douze Rince-Bouche avec gobelets en vermeil. Complément du service qui précède.

92 — Coupe en vermeil du même modèle que les Sucriers du service qui précède.

93 — Dix-huit Assiettes en vermeil, dont la bordure à cinq lobes est entourée de câbles à nœuds. (Chiffre M en relief.)

94 — Service de Table (*de chez Odiot*) en argent uni. (Chiffre M. R. gravé), comprenant :

> Une Soupière à deux anses avec intérieur en vermeil ;
>
> Deux Légumiers ;
>
> Un Plat ovale ;
>
> Deux Plats ronds creux ;
>
> Deux Plats moyens ;
>
> Quarante-deux Assiettes.

95 — Réchaud ovale en argent ciselé, de style Louis XV, à contours feuillages et nœuds de rubans (*de chez Cosson-Corby*).

96 — Deux Réchauds ronds de même modèle.

97 — Douze Assiettes creuses et trente-six Assiettes plates de même ornementation. (Chiffre J. R. en relief.)

98 — Très riche Service de toilette en vermeil repoussé et ciselé (*de chez Hugo*). Il comprend :

> 1° Une grande Cuvette à bordure contournée avec moulure de feuillages et son Broc à eau, dont l'anse est formée par un lion debout;
>
> 2° Une petite Cuvette et son Broc, de même ornementation;
>
> 3° Deux Boîtes rondes à poudre;
>
> 4° Une Boîte à savon;
>
> 5° Une Boîte longue à brosses;
>
> 6° Une Boîte ronde à éponges;
>
> 7° Un Gobelet;
>
> 8° Quatre Flacons à odeur, en cristal doré, garnis de vermeil;
>
> 9° Deux Brosses à cheveux.
>
> 10° Une Cuvette à contours avec son support en bois;
>
> 11° Un Vase à anse.
>
> Le tout chiffré J. R. en relief.

99 — Miroir de toilette à bordure en argent doré, monté entre deux colonnettes formant girandoles à trois lumières. Le miroir, de forme contournée, est surmonté d'un blason armorié.

100 — Miroir de toilette à bordure en argent, à coins à ressauts, de style Louis XV.

101 — Bouilloire en argent repoussé, à cannelures.
(Marque M. R.)

102 — Samovar sur son pied, en argent, à ornements
rocaille et fleurs.

103 — Grande Soupière ovale à piédouche, en argent
repoussé à godrons, fleurs et feuillages.

104 — Deux Plateaux de service à deux anses et bordure
contournée, genre Louis XV, en argent. (Marque
R. G.)

105 — Deux paires de Chandeliers à tige balustre en
argent guilloché.

106 — Deux petits Chandeliers en argent uni, à perles.

107 — Sucrier du temps de l'Empire, en vermeil ciselé,
à deux anses et frise, représentant des cygnes. Le
bouton du couvercle formé d'une rose.

108 — Pot à eau et Cuvette de forme ronde, en argent
repoussé à lobes et bordure de godrons.

109 — Pot à eau et Cuvette ovale, à contours en argent
guilloché et gravé, à sujets rocaille (*de chez Aucoc*).

110 — Grande Coquille à anse, formée d'un triton et à
bordure ornée de coquillages, elle repose sur trois
dauphins.

111 — Deux Drageoirs, forme ronde, sur trépieds à
volutes feuillagées en vermeil.

112 — Service à thé à cannelures contournées et ornements genre Renaissance, composé d'une Bouilloire,
une Théière, un Sucrier, un Pot à crème.

113 — Une Corbeille contournée, style Louis XVI, en argent étranger, ajourée à guirlandes de lauriers et médaillons bustes.

114 — Une Corbeille à quatre lobes et à deux anses en argent doré repoussé à ornements de style Louis XV.

115 — Deux Légumiers en argent à couvercles surmontés de fleurs de lys.

116 — Service de Couverts *de chez Odiot*, en argent et vermeil, à ornements genre Renaissance (dans une gaine en palissandre). Ce service comprend :

Une Louche, douze Cuillers, douze Fourchettes, douze Couteaux en argent ;

Douze Cuillers, douze Fourchettes, douze Couteaux à dessert en vermeil, douze Couteaux à lame d'acier ;

Douze Cuillers à café, une Cuiller à compote, une Cuiller à sucre en vermeil ;

Plus, dans un deuxième écrin :

Six Cuillers, douze Fourchettes, un Couvert à salade, douze Couteaux, une Truelle à poisson, une Cuiller à glace du même service.

117 — Service en argent genre rocaille, comprenant :

Vingt-quatre Couteaux ;

Douze Couteaux à dessert ;

Six Couteaux en vermeil ;

Un service à découper, un Couvert à salade ;

Une Truelle à poisson, une Pelle à glace, une Pelle à beurre ;

> Douze Fourchettes à huîtres;
>
> Une Brosse à miettes;
>
> Une Cuiller et une Pince à sucre;
>
> Deux Ronds de serviettes, un Passe-Thé ;
>
> Une Louche;
>
> Une Pince à asperges;
>
> Huit Porte-Couteaux.

118 — Deux Coupes ovales à deux anses et à piédouche en argent repoussé de travail hollandais ancien.

119 — Une Ménagère à cinq porte-flacons en argent découpé.

120 — Six tasses diverses avec leurs Soucoupes en argent ou vermeil repoussé de décors variés.

121 — Deux Gobelets à piédouche en argent guilloché et gravé et une Boîte à poudre.

122 — Deux Plats ovales en argent repoussé à figures de bergers et animaux au centre avec oiseaux sur le marli.

123 — Plat rond en argent repoussé à figure de Diane au centre et fruits sur le bord.

124 — Quatre Salières, style Louis XV, à trois pieds, en argent estampé.

125 — Vase à couvercle et à piédouche en orfèvrerie ancienne repoussée, à fleurs, feuillages et rubans, avec double fond à l'intérieur.

126 — Deux Vases à fleurs forme tulipes, sur trépieds, en
argent repoussé à branchages, fruits et rubans, genre
Louis XV.

127 — Un Porte-Mouchettes formé d'un petit char traîné
par un chien, sur base repoussée à feuillages.

128 — Deux Porte-Fleurs en verre opalin sur pieds
triangulaires en argent repoussé.

129 — Petit Plateau rond, Porte-Mouchettes et étei-
gnoir en argent.

130 — Deux Théières, deux Pots à crème en argent,
variés de formes.

131 — Un Gobelet en vermeil à trois boules, une
Choppe et une flûte en argent.

132 — Une Boîte à confiserie à couvercle à charnière
en argent repoussé.

133 — Petit Porte-Montre o né de médailles anciennes
en argent.

134 — Deux paires de petits Bougeoirs en argent repoussé, style Louis XVI, et un Porte-Allumettes sur
plateau ovale.

135 — Un Sucrier, une Bouillotte, un petit Seau en
argent.

136 — Deux Bougeoirs de l'époque de l'Empire en
argent, et un troisième Bougeoir.

137 — Réchaud ancien en argent découpé.

138 — Cafetière Louis XIV en argent.

139 — Deux Bouts-de-Table en argent découpé L. XVI, et un Bout-de-Table en argent, façon vannerie.

140 — Huilier en argent estampé à pampres.

141 — Deux Bouts-de-Table en argent et vermeil ciselé de style Louis XVI, de *Cosson-Corby*.

142 — Deux paires de Salières et un Porte-cure-Dents, forme Louis XV en argent ciselé.

143 — Six Cuillers à café en vermeil et un couvert à entremêts de quatre pièces en argent.

144 — Trois Poêlons en argent, deux Timbales et une petite Lampe en argent.

145 — Sucrier à deux anses en argent repoussé.

146 — Une Aiguière et son bassin en argent et vermeil, repoussé à feuillages, marqué M. R.

147 — Pot-à-Eau en argent, marqué M. R.

148 — Soupière ronde en argent, à piédouche.

149 — Quatre Carafes en forme d'aiguière, en cristal, garnies en argent.

150 — Un Sucrier Empire, forme vase à deux anses, en argent.

151 — Une Cafetière genre Louis XV, en argent.

152 — Coquetier et sa cuiller en vermeil, et un Rond de serviette (écrin).

153 — Nécessaire de voyage avec garniture en argent.

154 — Six pièces de Toilette en argent guilloché :
Boîte à poudre, Boîte à savon et quatre couvercles.

155 — Miroir à main ovale en argent repoussé.

156 — Un Bout-de-Table, Un Réchaud, une Cuiller,
un Porte-Tasse en argent, un Coquetier en vermeil.

157 — Un Plateau à lettres, un encrier en argent.

158 — Nécessaire de voyage dans une gaine en marqueterie.

TABLEAUX ET PASTELS

159 — **Billet**. Le Marchand d'oranges. — Le Marchand de grenades. Figures orientales. Deux pendants.

160 — **Billet**. Halte de Cavaliers arabes près d'une mare. — Vue du Nil. Deux pendants.

161 — **Boucher** (Ecole de). La Bergère endormie. Dessus de porte.

162 — **Crivellone.** Dindon, Coq, Poule et Poussins — Pigeons et Lapins. Deux pendants.

163 — **Dreux-Dorcy**. Jeune Fille en buste, corsage décolleté, le menton appuyé sur la main gauche. Toile ovale.

164 — **École française** (xviii⁰ siècle). Deux Dessus de portes : L'un représente un Gentilhomme et une Dame en promenade auprès d'un étang, pendant que les paysans enlèvent la moisson. L'autre : Les Moissonneurs fauchant les blés, un paysan et une paysanne puisant de l'eau à une fontaine à droite. Ces compositions sont peintes sur toile dans des encadrements de branchages et de fleurs sur fond gris.

165 — **École française** (xviiie siècle). Jeune Fille lisant une lettre. Toile ovale.

166 — **École française** (xviiie siècle). La Partie de pêche, scène enfantine. Dessus de porte dans le goût d'Huet.

167 — **École française** (xviiie siècle). Petit Portrait de femme, assise, en robe de bure et tenant un chapeau de paille.

168 — **École française** (xviiie siècle). Jeune Femme en robe rose sur une terrasse.

169 — **École française** (xviie siècle). Petit Portrait de femme, assise, tenant des fleurs. Toile ovale en largeur.

170 — **École française** (xviiie siècle). La Toilette pour le bal. Petite peinture sur toile, forme ovale.

171 — **École française** (xviie siècle). Petit Portrait d'une fille de France, représentée en pied, vêtue d'une robe blanche avec manteau fleurdelisé.

172 — **École hollandaise**. Coq et Poule. Deux pendants.

173 — **École flamande** (xvie siècle). La Nativité. Peinture en grisaille, forme cintrée du haut.

174 — **École moderne**. Allégorie de l'Étude sous les traits d'une jeune fille tenant un compas. Pastel. Dans un cadre Louis XV avec fronton à feuillages, rocailles et guirlandes de fleurs.

175 — **École espagnole**. Madeleine en prière.

176 — **Fyt** (Attribué à). Oiseaux morts. Deux pendants.

177 — **Greuze** (D'après). L'Accordée de village en buste. Pastel ovale.

178 — **Greuze** (D'après). La petite Paysanne. Pastel ovale.

179 — **Greuze** (D'après). Jeune fille et deux Colombes. Peinture sur toile.

180 — **Greuze** (D'après). Jeune Fille en buste presque de face, les épaules couvertes d'un fichu décolleté.

181 — **Greuze** (D'après). Jeune Garçon en buste. La tête de trois quarts à droite, chevelure blonde, gilet ouvert garni de batiste.

182 — **Greuze** (D'après). La Dormeuse. Jeune fille en buste.

183 — **Greuze** (D'après). L'Oiseau apprivoisé. Une jeune fille, assise, une cage sur ses genoux, caresse un oiseau.

184 — **Greuze** (Genre de). Jeune Fille à la coquille. Toile de forme ovale.

185 — **Greuze** (Genre de) La Pleureuse d'oiseau. Toile ovale.

186 — **Gryeff** (?). Chient gardant un chevreuil.

187 — **Güet** (O.). Jeune Femme présentant une corbeille de fruits.

188 — **Mignard** (École de). Portrait d'une Dame de la cour. A mi-corps, corsage blanc orné d'un bijou de perles. Toile ovale dans un cadre ancien en bois sculpté.

189 — **Monnoyer** (Baptiste). Bouquet de Fleurs dans un vase de marbre sculpté à godrons et mascaron, ce vase repose sur une console de pierre où sont éparses d'autres fleurs. Belle peinture sur toile de forme cintrée.

190 — **Monnoyer** (Attribué à). Suite de dix Panneaux décoratifs de formes contournées, représentant des vases de fleurs et de l'architecture, balustrades, fontaines, parterres, etc.

191 — **Natoire** (Attribué à). Le Bain. Une jeune dame au bord d'un bassin sort du bain, deux servantes apprêtent du linge pour l'en revêtir. Peinture pour dessus de porte, dans un encadrement ancien cintré du haut.

192 — **Oudry** (Attribué à). Lièvre appendu par une patte

193 — **Rosalba** (Attribué à). Jeune Fille à la colombe. Pastel.

194 — **Sauvage** (Attribué à). Enfants jouant avec une chèvre. Deux petites peintures en grisaille.

195 — **Van Hœck**. Têtes de jeune Femmes. Deux pendants.

196 — **Villeret**. Six petites Peintures : vues de Paris, dans le même cadre. Les Tuileries, l'Arc-de-Triom-

phe, l'Institut, la Place de la Concorde, les Invalides, la place Vendôme.

197 — **A. M.** (Signé). Jeune femme assise sur un soffa. Petite peinture sur panneau.

198 — **X**... Deux Têtes de vieillards. Peintures sur toile dans des cadres de rocaille de forme ronde.

199 — Deux petites Gouaches chinoises : Marchand de gibier et boucher. Bordures Louis XIII en bois sculpté.

200 — Divers Tableaux non catalogués et Gravures.

MOBILIER

—

Premier Étage

—

PALIER DE L'ESCALIER

201 — Horloge du temps de Louis XV, à gaine de forme contournée, en bois rose et de violette, ornée de motifs, de style rocaille en bronze doré, chutes volutes, couronnement et moulures; au centre, un sujet applique, représentant une figure d'Hébé. Le cadran au nom de *Bœuve, à Paris*.

202 — Deux Vases forme Médicis, de l'époque Louis XIV, en marbre et bronze doré. Le corps du vase et le couvercle en marbre noir, le piédouche en marbre brèche et le socle carré en marbre Campan. Ils sont garnis de deux grandes anses surélevées en forme d'S, terminées par des mufles de lions, d'un mascaron sur la face, et de feuillages appliques sur le bord. Le couvercle, dont le bouton simule un fruit, est également orné de feuilles appliques.

203 — Deux fûts de colonne en marbre Campan.

GALERIE

204 — Tapisserie de Bruxelles du xviie siècle, représentant un sujet tiré de l'histoire romaine : Empereur sur son trône, recevant un personnage. La bordure est formée de deux colonnes torses sur les côtés, et offre à la partie supérieure un cartouche avec médaillon de paysage et des groupes de fruits.

205 — Deux Lampadaires de *Gagneau,* en bronze doré, de style Louis XIV, composés chacun d'une lampe en forme de vase supporté par une gaine à chapiteau et à pied quadrangulaire à griffes et feuillages.

206 — Deux Lampes de suspension, de style Louis XVI, *de chez Gagneau,* en forme d'urnes en bronze bleui, supportées par trois cordages rattachés à un dais en bronze doré.

207 — Meuble de style Renaissance, en bois d'ébène incrusté d'ivoire, à côtés obliques et à deux portes à glaces. Il repose sur un soubassement à moulures.

208 — Table rectangulaire en bois d'ébène, incrustée d'ivoire, offrant sur le dessus un sujet biblique dans un encadrement de rinceaux. Le piètement à entre-jambe est formé de sept balustres.

209 — Deux Fauteuils et six Chaises, de même travail.

210 — Un Fauteuil en forme d'X pliant, plaqué d'ébène et incrusté d'ornements en ivoire.

211 — Baromètre de l'époque Louis XVI, forme ronde, en bois sculpté et doré, à nœud de rubans, guirlande de laurier et cul-de-lampe, feuilles d'acanthe.

SALLE A MANGER

212 — Grande Armoire de l'époque Louis XIV, ouvrant à deux portes pleines, en bois de violette, ornée de six charnières à feuilles d'acanthe, d'une chute à mascaron, d'entrées de serrures et de rosaces en bronze ciselé et doré. Deux moulures en cuivre garnissent le haut et le bas ; le couronnement carré est orné d'appliques et d'écoinçons gravés.

213 — Meuble Scriban à deux corps, de l'époque Louis XIV, en bois de placage, garni de moulures ornées en bronze ciselé et doré. Le bas ouvre à deux portes, deux tiroirs et un abattant formant bureau ; le haut à deux portes à glaces contournées dans le haut et épousant la forme du fronton.

214 — Belle Table de salle à manger, forme ovale en acajou incrustée de filets de cuivre et entourée d'un doré quart de rond en bronze. Elle repose sur un piètement de style Louis XIV en bronze ciselé et doré, à quatre griffes de lion, volutes et godrons.

215 — Douze Chaises genre Louis XIV, à pieds et dossier, à contours en bois d'acajou incrustées de filets de cuivre, garnies de motifs d'ornements de style en bronze doré, recouvertes en satin vert.

216 — Table carrée de style Louis XIV, en bois sculpté, peint en noir et dorure, à dessus de marbre de Flandre.

217 — Support carré de même style, à dessus de marbre.

218 — Servante Louis XVI, de forme ronde, à trois tablettes en acajou supportées par une tige à balustres,

à trépied, garnie de feuilles d'eau et de rangs de perles en bronze.

219 — Deux Vases forme Médicis, à piédouche et couvercle en bronze patiné, offrant en bas-relief un sujet antique.

220 — Deux Fûts de colonne en marbre sarancolin, avec tores de faisceaux en bronze doré et base en marbre portor.

221 — Pupitre ou Lutrin en marbre blanc sculpté, à figure d'ange et supportant un livre ouvert.

222 — Surtout de table, style Louis XVI, en bronze ciselé et doré, composé :

      1° D'une grande Corbeille de milieu, de forme ovale, à deux anses et à figures d'enfants, se terminant en rinceaux ;

      2° Deux Candélabres à neuf lumières et à trépieds ;

      3° Deux guéridons de même style ;

      4° Et de quatre Pieds de Coupes.

223 — Grande Galerie de foyer du temps de l'Empire, en bronze doré et bronze vert, le milieu offre une guirlande reliée à des rinceaux et deux bustes: les extrémités sont formées par des volutes sur des consoles ornées en bronze doré.

224 — Grand Lustre en porcelaine, genre Sèvres et en bronze doré; la tige est formée d'un vase balustre et d'une coupe avec cul-de-lampe en porcelaine gros bleu décorée de médaillons de fleurs sur laquelle se rattachent dix-huit branches porte-lumières.

225 — Quatre Rideaux de fenêtre en satin vert.

226 — Deux grands Vases, forme Médicis, en marbre blanc sculpté, à godrons, sur socles carrés en marbre rouge.

227 — Grande Jardinière ronde en terre émaillée vert et bronzée, sur un support de style chinois en bois noir sculpté.

228 — Vase en terre laquée rouge, à arbustes et oiseaux, avec son support trépied en bois noir de style chinois.

GRAND SALON

229 — Magnifique Ameublement de salon, composé de vingt-quatre médaillons en ancienne tapisserie flamande, représentant des scènes villageoises et des animaux dans des paysages, d'après Téniers. Ces médaillons sont rapportés dans des encadrements d'ornements et de quadrillages en jaune sur fond rouge. Ils forment la garniture d'un canapé et de neuf fauteuils, grand modèle, style Louis XIV, en bois sculpté rehaussé de dorure.

230 — *Belle Décoration en tapisserie d'Aubusson, de Chocquel, composée de quatre panneaux représentant des figures allégoriques : la Poésie, la Danse, la Déclamation, la Tragédie.

---

* Les tapisseries garnissant le grand salon et la chambre à coucher ont été posées provisoirement selon les plans d'un projet dressé par l'architecte de Mme X..., antérieurement à son décès.

231 — Grand et beau Lustre, à quarante lumières, de
style Louis XIV, en bronze doré, **garni** de pendeloques poires, d'étoiles, de pyramides **et de** pièces
d'enfilage en *cristal de roche*.

232 — Deux Girandoles de même style, à base triangulaire en cuivre doré, garnies de pendeloques poires,
de boules et d'étoiles en *cristal de roche*.

233 — Deux beaux Chenets de style Louis XVI, en
bronze ciselé et doré, modèle à vases cassolettes,
ornés de guirlandes, sur base et galerie à consoles.

234 — Pare-Étincelles, forme éventail, en bronze doré.

235 — Vase à panse sphérique, en porcelaine de Chine,
fond noir, émaillée en couleurs, à larges fleurs et
feuillages.

236 — Bureau plat de style Louis XV de forme contou-
née, en bois de placage richement orné de bronzes
dorés : chutes, sabots et encadrements rocaille ; le
dessus entouré d'un quart de rond à moulure.

237 — Grand Meuble d'entre-deux à hauteur d'appui à
côtés concaves et à ressaut sur le devant, en bois
d'ébène, marqueterie de cuivre à quadrillages et mosaïque de pierres de couleur en relief, style Louis XIV.
Il est richement orné de bronzes dorés : cariatides sur
les montants à doubles pieds de biches, encadrements de moulures, frise de rinceaux et mascaron.
Il ouvre à une porte sur le devant représentant un
bouquet de fleurs dans un vase et deux oiseaux en
mosaïque, et à deux portes sur les côtés décorés des
médaillons : bustes de Henri IV et de Sully.

238 — Piano *d'Ignace Pleyel et Cie*, en bois rose très richement orné de cariatides ailées, figures d'enfants, mascarons, divers motifs dans le goût Louis XV, ainsi que de moulures ornées en bronze doré.

239 — Guéridon à dessus en malachite, reposant sur un balustre à trépied en bronze doré.

240 — Deux Jardinières de salon, en bois rose et marqueterie à pieds contournés, de style Louis XV, ornées de bronzes dorés : chutes à têtes de femmes et encadrements de moulures ornées.

241 — Grande Armoire de style Louis XIV, en chêne sculpté, rehaussée de dorure. Elle ouvre à deux portes mi-partie vitrées avec panneaux à quadrillages rosaces et divers motifs d'ornements.

242 — Deux Garnitures de fenêtres en lampas rouge.

PETIT SALON

243 — Belle Pendule du temps de Louis XVI, en bronze finement ciselé et doré, représentant un groupe des figures d'Hercule et du Temps assis sur un piédestal orné d'une frise de rinceaux et supportant le mouvement. Celui-ci est surmonté d'un attribut des Sciences : globe terrestre, longue-vue et branche de laurier posés sur un nuage. Le socle à ressaut est orné de rosaces et d'un mascaron. Le cadran porte le nom *Masson, à Paris.*

244 — Deux Lampes formées de vases piriformes en émail cloisonné de la Chine, fond blanc, décorées de

fleurs de lotus et plusieurs zônes d'ornements en couleurs. Monture en bronze doré à socle et tore de lauriers.

245 — Deux Flambeaux de style Louis XV, en bronze doré, enfant assis sur un crocodile et supportant une conque.

246 — Deux Chenets de style Louis XV composés de dragons reposant sur des galeries contournées à coquilles et ornements rocaille.

247 — Grand Vase forme bouteille piriforme, en ancienne porcelaine de Chine fond gros bleu, avec ornements et rosaces en dorure. Elle est garnie d'une riche monture en bronze doré à base rocaille reliée à l'orifice par deux anses.

248 — Vase composé d'une potiche surmontée d'un cornet en vieux Chine fond gros bleu, garni d'une monture analogue à celle du vase précédent.

249 — Beau Meuble de style Louis XV, de forme arrondie et contournée, en bois de violette et satiné. Il ouvre à six portes ornées d'encadrements rocaille en bronze doré. Dessus de marbre de Campan.

250 — Bureau Louis XV, en bois de placage, orné de bronzes dorés rapportés. Le dessus entouré d'un quart de rond.

251 — Fauteuil de bureau Louis XIV, forme triangulaire, à quatre pieds, en bois sculpté et redoré, garni de satin de soie rouge.

252 — Table à jouer de style Louis XVI, en bois d'érable marqueté et bois amaranthe, ornée de rinceaux et de moulures en bronze doré.

253 — Grande Armoire de forme contournée à deux portes et à gorge, renfermant deux tiroirs, en bois de placage et panneaux de laque, garnie de moulures, de chutes et de petits motifs en bronze doré de style Régence.

254 — Table à jouer de forme Louis XV, en bois rose et marqueterie, à fleurs sur fond d'érable, ornée de chutes à têtes de femmes, de moulures et d'un entourage de faisceaux liés par des rubans, en bronze doré.

255 — Deux Fauteuils confortables garnis de soierie brochée.

256 — Garniture de fenêtre en lampas de soie rouge.

CHAMBRE A COUCHER

257 — Belle décoration en tapis série d'Aubusson de CHOCQUEL, composée de quatre panneaux formant suite à ceux du grand salon et représentant la Sculpture, la Peinture, la Comédie et la Musique.

258 — Très importante Garniture de cheminée du temps de l'Empire, composée d'une Pendule et de deux Candélabres. La pendule représente l'entablement à fronton d'un temple antique, en bronze doré, supporté par deux femmes debout drapées, en bronze à

patine verte, et reposant sur un piédestal en bronze doré et marbre griotte orné d'une frise de palmettes et de rinceaux. Le cadran porte le nom *Manière, à Paris*. Les candélabres sont formés chacun d'une figure de femme drapée, en bronze vert, supportant une corbeille fleurie d'où s'échappent cinq branches porte-lumières, rinceaux et feuillages et un thyrse en bronze doré. Le socle, en marbre griotte, est orné d'une frise de palmettes et d'une large moulure à feuilles d'eau.

259 — Deux Chenets en bronze ciselé et doré d'un beau modèle, style Louis XVI, composé d'une Cassolette à trépied sur un piédestal relié à une galerie à guirlandes de fleurs.

260 — Grand Lit en bois rose finement marqueté à losanges et d'une grande richesse d'ornementation en bronze doré. Les montants présentent une nymphe et une bacchante, en ronde bosse, debout sur des motifs à lyre et supportant des chapiteaux ; quatre vases cassolettes ornés de guirlandes couronnent les montants ; le devant est couvert par une large frise de rinceaux, et les battants, de forme contournée, sont ornés de moulures à oves et garnis d'un capitonnage en soierie à rayures.

261 — Grande Armoire à glace, de style Louis XVI, en bois rose et amarante, à colonnettes cannelées, et surmontée d'un fronton. Elle est richement décorée de moulures et d'encadrements en bronze doré et de deux plaques en porcelaine à sujets Watteau. Deux vases-cassolettes couronnent la partie supérieure.

262 — Deux Meubles d'entre-deux, à côtés concaves et
ouvrant à une porte en bois rose, garnis de beaux
ornements, appliques et de moulures en bronze
doré tels que : sujets à figures allégoriques sous des
dais à draperies sur la porte ; trophées d'attributs
sur les côtés ; enroulements de feuillages ; sur les
montants, frises de rinceaux, rosaces, etc. Dessus de
marbre blanc.

263 — Armoire, forme secrétaire Louis XV, en bois
rose et satiné marqueté, à bouquets de fleurs et
rubans, offrant quatre motifs sur la face et deux sur
chacun des côtés ; le haut à gorge ; les angles arron-
dis, avec ornementation de bronzes dorés : chutes,
moulures et cul-de-lampes style Louis XV ; le dessus
entouré d'une galerie.

264 — Chaise longue, de style Louis XIV, en bois
sculpté à ornements rehaussés de dorure, et dossier
à oreillères, garniture en lampas de soie rouge de
style.

265 — Cinq Fauteuils de grand modèle, style Louis XIV,
de même ornementation et garniture que la chaise
longue qui précède.

266 — Glace avec large bordure en bois sculpté à jour
et doré, à pampres et surmontée d'un fronton à trois
figures d'enfants, en ronde bosse, entourant un
blason fleurdelisé et retenant une guirlande de
fleurs.

267 — Écran de forme contournée, en bois de thuya,
avec tablette à abattant, garni d'ornements rocaille

en bronze doré et d'une feuille peinte à bouquets de fleurs.

268 — Deux Jardinières de forme carrée, en bois de rose marqueté, ornées d'encadrements genre rocaille en bronze doré, et offrant, sur la face, un médaillon ovale en porcelaine tendre fond turquoise, représentant des oiseaux dans un paysage.

269 — Groupe en terre cuite, par Joseph CHÉRET : Enfants retenant une draperie enlevée par le vent.

270 — Deux Vases brûle-parfums de forme ovale, à deux anses grecques en porcelaine, genre Sèvres bleu turquoise, décorés chacun d'un sujet de pêche et d'oiseaux.

271 — Deux Lampes, formées de potiches, en ancienne porcelaine de la Compagnie des Indes, décor à mandarins, avec montures en bronze doré.

272 — Deux Lampes, formées de potiches, cotelées en ancienne porcelaine de Chine émaillée en couleurs. avec réserves à vases de fleurs, montures en bronze doré.

273 — Deux Garnitures de fenêtres en lampas de soie rouge.

BOUDOIR

274 — Commode Louis XIV à deux rangs de tiroirs sur pieds élevés en bois de placage, garnies de poignées balustres, de chutes, de mascarons et d'encadrements

en bronze doré. Le dessus entouré d'un quart de
rond.

275 — Petite Table rectangulaire, style Louis XVI, exé-
cutée par Wassmus, en acajou moucheté à pieds
gaînés carrés, garnie de moulures en bronze ciselé
et doré.

276 — Table jardinière, forme Louis XV, en palissandre
garnie de bronzes.

277 — Pendule et deux Lampes en bronze doré et porcelaine, genre Sèvres, décorée, offrant divers sujets :
la Toilette de Vénus, des Pastorales et des Fleurs.

278 — Deux Girandoles à trois lumières, genre rocaille,
avec figures de berger et bergère assis sur des cor-
beilles, en bronze doré.

279 — Deux Flambeaux, style Louis XV, en bronze
doré.

280 — Deux petits Chenets Louis XVI, à boules et galeries en cuivre.

281 — Deux paires d'Appliques de style Louis XVI, à
deux lumières à tige cannelée surmontée d'un vase,
garnies de grenailles pendeloques en *cristal de
roche*.

282 — Petit Lustre à huit lumières, en bronze doré
garni de plaquettes taillées en *cristal de roche*.

283 — Deux Jardinières rondes en porcelaine de Chine
moderne, montées sur trépieds en bronze doré.

284 — Divan-Lit en bois noir, garni de damas de soie bleu de ciel, avec trois coussins.

285 — Fauteuils confortables garnis de même étoffe.

Deuxième et Troisième Étage

CHAMBRES A COUCHER
BOUDOIR, CABINETS DE TOILETTE

286 — Pendule de l'époque Louis XVI, en marbre blanc et bronze doré mat. Le cadran, surmonté d'un flambeau et d'une guirlande de fleurs, est flanqué de deux figures d'enfants : à droite, Bacchus sur une panthère ; à gauche, l'amour debout sur un nuage. Le socle est orné de rinceaux.

287 — Deux Flambeaux cassolettes, forme ovoïde, style Louis XVI, en porcelaine blanche à trépieds en bronze doré.

288 — Deux Flambeaux, style Louis XV, en bronze doré.

289 — Deux petits Chenets, style rocaille, à figures d'enfants en bronze doré.

290 — Deux Flambeaux Louis XVI en cuivre à tige balustre.

291 — Beau Lit en marqueterie de cuivre, orné de bronzes dorés, style Louis XIV.

292 — Armoire en bois noir, incrustée de filets de cuivre, ornée de cariatides et de moulures en bronze
doré, ouvrant à deux portes à glaces.

293 — Armoire Louis XIV, deux portes mi-partie à glaces, en marqueterie de cuivre genre Boulle sur fond
d'ébène, représentant deux sujets mythologiques au
milieu d'ornements.

294 — Secrétaire Louis XVI en marqueterie de bois de
couleur à damier, dessus en marbre blanc.

295 — Prie-Dieu en bois rose orné d'encadrements et
de motifs en bronze doré, style Louis XV.

296 — Petite Table style Louis XV, en bois de rose et
marqueterie à fleurs, le tiroir forme bureau garni
de bronze.

297 — Table à jouer en acajou, garnie de bronze.

298 — Table de nuit style Louis XVI, forme ronde, en
bois rose et de violette, marquetée à trophée, fleurs
et oiseaux.

299 — Canapé-Lit, système Leroux, garni de lampas
rouge.

300 — Fauteuils confortables, garnis de damas rouge.

301 — Chaise longue, garnie de velours de Gênes vert.

302 — Deux petits Fauteuils, garnis de satin broché à
fleurs sur fond blanc.

303 — Chaise en velours rouge et tapisserie.

304 — Glace à large bordure biseautée, en bois sculpté
à jour et doré avec fronton, à ramages et coquilles.

305 — Tableau en tapisserie ancienne représentant la
Cène.

306 — Deux paires de rideaux de fenêtre en lampas
rouge.

307 — Crucifix argenté, sur croix, en bronze doré.

308 — Pendule de style Louis XVI, en bronze ciselé et
doré, à socle orné de guirlandes de fleurs et supportant deux figures d'enfants.

309 — Deux Candélabres trois lumières, à figures d'enfants, d'après PIGALLE, en bronze doré.

310 — Deux flambeaux Louis XVI, en bronze doré, à
tiges cannelées à guirlandes.

311 — Deux Chenets style Louis XVI, à vases cassolettes en cuivre.

312 — Lit de milieu style Louis XVI, en acajou à colonnettes détachées, garni de moulures de rangs de
perles, de rosaces et de vases en bronze.

313 — Table de nuit forme ronde, style Louis XVI, en
marqueterie de bois à trophées et fleurs.

314 — Écran Louis XVI, en acajou, à moulures de
cuivre avec feuille en soie ancienne brodée.

3ı5 — Commode Régence forme contournée, à trois rangs de tiroirs, en bois rose et satiné, garnie de chutes à têtes féminines et de poignées en bronze doré. Dessus de marbre.

3ı6 — Armoire Louis XV, en bois rose, ouvrant à deux portes garnies de glaces, ornée de chutes et d'écoinçons en bronze doré.

3ı7 — Coffre-fort de *Fichet* dans une enveloppe en forme de chiffonnier Louis XVI, en acajou, à moulures de cuivre.

3ı8 — Table-jardinière forme carrée à pieds contournés avec tablette, en bois de rose, ornée de bronzes et de plaques en porcelaine genre Sèvres, décorées de fleurs.

3ı9 — Grande Glace à bordure en bois noir, garnie de figures d'amour dans des ornements et des guirlandes de fleurs en bronze doré.

32o — Petit Lustre à huit lumières en verre de Venise.

32ı — Chaise-longue garnie de lampas bleu.

322 — Deux Rideaux de fenêtre en damas bleu,

323 — Pendule de style Louis XV, en bronze doré, composée d'ornements rocaille à fleurs ;et feuillages avec attribut de musique au centre. Elle est surmontée d'un enfant tenant une lyre et repose sur un socle de même style.

324 — Deux Girandoles à trois lumières genre rocaille avec figures d'enfants : Moissonneurs et Vendangeurs.

325 — Deux Flambeaux genre rocaille en bronze doré.

326 — Deux petits Chenêts style Louis XV, à figures d'enfants assis sur des motifs rocaille.

327 — Petit Bureau de dame, style Louis XV, en bois rose et de violette, forme contournée, ouvrant à abattant, orné de neuf plaques en porcelaine à fleurs et figures pastorales, garnis de bronzes.

328 — Table à ouvrage hollandaise de l'époque Louis XVI, en acajou, ornée de guirlandes sculptées.

329 — Grande Armoire à trois portes ; celle du milieu à glace, en bois noir, à moulures de cuivre.

330 — Commode formant bureau, de même travail.

331 — Toilette-lavabo en acajou, surmontée d'un miroir et d'un réservoir.

332 — Glace à encadrement en bois ajouré et doré dans une bordure noire.

333 — Petit Meuble d'entre-deux ouvrant à une porte, en marqueterie de cuivre et d'écaille, genre Boulle, orné de bronzes. Dessus de marbre noir.

334 — Lampe ancienne de suspension en cuivre doré.

335 — Petite Papeterie Pupitre en tabletterie fine, incrustée de cuivre et de nacre et garnie de bronze.

336 — Petit Miroir à bordure rocaille en cuivre.

337 — Deux petites Caisses à fleurs, carrées en bois noir et bronze doré.

338 — Petit Cabinet Louis XIII en ébène, ouvrant et abattant.

339 — Petite Pendule style Louis XVI en bronze doré, à figure de guerrier romain et trophées d'armes, socle en marbre blanc.

340 — Deux Flambleaux balustres en marbre blanc et bronze doré, style Louis XVI.

341 — Deux petits Chenets Louis XVI en cuivre, modèle à vases cassolettes sur fûts cannelés.

342 — Jardinière-Table de style Louis XV, en bois rose ornée de quatre plaques de porcelaine décorée et garnie de bronzes.

343 — Vitrine de style Louis XV, de forme contournée, ouvrant à deux portes et surmontée d'une gorge, en bois de violette garnie d'encadrements et de chutes de style rocaille en bronze.

344 — Bonheur du jour à deux corps, style Louis XV, à contours, en marqueterie de bois à fleurs et garni de bronzes, le bas ouvre à deux portes pleines et deux tiroirs, le haut à deux portes vitrées.

345 — Canapé garni de peluche marron et de tapisserie à la main.

346 — Console surmontée d'une glace, en bois noir incrusté d'ivoire.

347 — Deux Consoles-Étagères de même travail.

348 — Table à jouer en marqueterie, genre Boulle.

349 — Petit Écran genre Louis XV à tablette, en bois
de rose, orné de trois plaqués en porcelaine.

350 — Miroir dans un cadre en bois découpé, de travail
chinois.

351 — Deux Bouts-de-Table en bronze doré, figures
d'enfants assis portant deux lumières.

352 — Coupe en vieux Saxe à décor de fleurs, montée en
bronze doré, genre rocaille.

353 — Divers Objets d'étagère en porcelaine, verrerie et
bronze : Boîte, Coupes, Coffrets, Bougeoirs, Figu-
rines.

354 — Pendule du temps de l'Empire de plan octogonal
en bronze vert, ornée d'appliques en bronze doré à
jeux d'enfants, oiseaux lyres, rinceaux, cornes d'abon-
dance et mascaron. Elle est surmontée d'un sujet
de deux figures, femme et enfant : le Goûter.

355 — Deux Cassolettes Empire à trépieds, griffons en
bronze patiné et doré, socles en marbre vert.

356 — Deux Flambeaux Empire en bronze ciselé et doré,
à tige carquois et attributs de l'amour sur la base.

357 — Galerie de foyer Louis XVI à balustres et rosaces
en bronze doré, supportant deux sphinx égyptiens,
bronze patiné vert et deux boules ovoïdes à feuillages
ciselées.

358 — Deux petits Chenets style Louis XIII, en cuivre.

359 — Deux Girandoles à trois lumières, genre
Louis XVI, en cuivre.

360 — Petite Pendule borne avec statuette de Mercure en bronze patiné.

361 — Vitrine à contours genre Louis XV, en bois satiné et marqueterie garnie d'encadrement rocaille en bronze, dessus de marbre.

362 — Petit Secrétaire en forme de chiffonnier étroit à quatre tiroirs en bois de plaquage, garni de poignées en bronze.

363 — Grande et belle Armoire à deux portes pleines, style Louis XVI, en acajou moucheté à fines moulures et montants cannelés, garnie d'un rang de perles et d'un chiffre J. E. en bronze doré.

364 — Encoignure ancienne forme arrondie en placage de bois satiné et marqueterie, dessus de marbre.

365 — Toilette-Lavabo en acajou surmontée d'une glace.

366 — Lit en bois de noyer, orné sur la face de motifs style Louis XVI en bronze : têtes de béliers, pendantifs, médaillon.

367 — Petite Pendule Louis XV en vernis Martin à fleurs sur fond vert, ornée de bronze rocaille et surmontée d'une aiguière, avec son socle de suspension.

368 — Paire de Flambeaux Louis XIV en cuivre doré.

369 — Deux petits Candélabres à quatre lumières en bronze doré, supportées par des figures d'amours en bronze patin, socle en marbre blanc.

370 — Deux petits Chenets Louis XVI à boules.

371 — Armoire Louis XIV à deux portes en chêne sculpté à rosaces, ornements et moulures.

372 — Petit Bureau à casier en acajou garni de rangs de perles, époque Louis XVI.

373 — Toilette Louis XVI en acajou à baguettes de cuivre, le dessus se relève et est garni d'une glace à l'intérieur.

74 — Glace dans un cadre Régence en bois sculpté et doré avec fronton ajouré.

375 — Miroir style Louis XIII, garni d'appliques en cuivre estampé.

376 — Deux petits Miroirs Louis XVI, à bordures sculptées.

377 — Deux petites Appliques à une lumière, en bois doré Louis XIV.

378 — Table carrée en chêne sculpté à pieds balustres.

379 — Liseuse en chêne sculpté.

380 — Toilette en acajou surmontée d'un miroir ovale, garnie de bronzes.

381 Deux petits Fauteuils garnis de brocatelle bleu clair et jaune.

382 — Deux Flambeaux Louis XVI, à cannelures en cuivre.

383 — Deux Girandoles à trois lumières en cuivre, genre Louis XVI.

384 — Deux Chenets en bronze doré.

385 — Jardinière et deux Cache-Pots en faïence, à riche
décor, de style rouennais, en couleurs.

386 — Deux Chimères en grès émaillé de Chine.

387 — Divers Plats et Coupes en porcelaine moderne
du Japon.

388 — Deux vases en porcelaine de Canton.

389 — Faïences artistiques modernes.

390 — Pendule style Louis XV, deux Girandoles à cinq
lumières, deux Flambeaux et deux Chenets en cuivre
poli.

391 — Secrétaire en acajou, garni de bronzes.

392 — Guéridon Empire, en acajou, garni de bronzes,
style Louis XVI, dessus de marbre blanc.

393 — Armoire en bois noir, à deux portes, garnie d'ornements de bronze.

394 — Deux Supports à figures d'enfants en bois sculpté.

395 — Petite Pendule style indien, deux Flambeaux en
cuivre poli, deux Candélabres à cinq lumières montés sur des flacons en porcelaine à décor japonais.

396 — Petite Armoire à glace, en chêne, ornée de moulures Louis XIV, sculptées.

397 — Ameublement de salon en palissandre sculpté, garni de lampas à larges fleurs et ornements en couleurs sur fond blanc.

398 — Divers sièges garnis de soie.

Rez-de-Chaussée

CABINET DE TRAVAIL

399 — Pendule du temps de Louis XVI, forme temple, à deux colonnes, en marbre noir et blanc, ornée de rinceaux et de guirlandes en bronze doré et surmontée d'un aigle.

400 — Deux petites Girandoles, à quatre lumières, en cuivre gravé, garnies de pendeloques et de grenailles en *cristal de roche*.

401 — Deux Appliques, à trois lumières, de même style.

402 — Deux Chenets Louis XIII, en fer forgé, à boules côtelées en cuivre.

403 — Galerie de foyer, à dauphins et têtes d'enfants, en cuivre.

404 — Glace italienne, à large bordure, en bois sculpté à jour et doré, à volutes, groupes de fruits et guirlandes.

405 — Grande Armoire portugaise, du xviie siècle, ouvrant à quatre portes, à panneaux saillants, octones, à moulures guillochées, les montants ornés de doubles colonnettes torses, et garnie de boutons et d'appliques de cuivre gravé.

406 — Meuble composé d'ornements gothiques et Renaissance en chêne sculpté, le bas ouvrant à une porte présente deux rosaces gothiques et quatre panneaux ajourés séparés par des montants Renaissance à chapiteaux, le haut ouvre à deux portes formées de rosaces gothiques séparées par une niche contenant une statuette de femme drapée.

407 — Meuble à deux corps en chêne sculpté, le bas à deux portes trophées de chasse et deux cariatides d'enfants, le haut a une porte vitrée entre deux montants à statuettes de femmes et fleurs.

408 — Table en chêne sculpté, dont les pieds sont formés par des figures de faunes reliés par un croisillon supportant un vase.

409 — Banquette-Coffre à dossier en bois sculpté à figures, mascarons et ornements ajourés, genre Renaissance, de travail italien.

410 — Étagère d'applique avec fronton en bois sculpté et ajouré, offrant deux lions debout contre un écusson.

411 — Deux Jardinières montées sur trépieds en chêne sculpté.

412 — Deux Torchères, figures de négrillons debout, en bois sculpté et doré en partie.

413 — Fauteuil X, genre Renaissance, en bois sculpté garni de velours rouge.

414 — Deux grands Fauteuils et deux Chaises, style Louis XIII, en chêne sculpté à têtes de lions garnis de velours d'Utrecht.

415 — Chaise longue de même travail.

416 — Deux paires de Rideaux de fenêtres en velours d'Utrecht.

417 — Piano droit de Van Overbergh en bois rose richement orné de bronzes dorés.

418 — Petit Lustre à huit lumières, style rocaille, en bronze doré.

419 — Deux Figures équestres en bronze : Jean sans Terre et Guillaume le Conquérant.

420 — Deux Jardinières à fleurs en cuivre jaune repoussé, à godrons, écussons, anses mufles de lions et tore de lauriers.

421 — Deux Lampes montées sur des potiches en ancienne porcelaine du Japon, à décor d'arbustes en bleu, rouge et or.

422 — Coupe et deux Vases à anses serpents en faïence italienne.

423 — Deux grands Vases en porcelaine de Canton.

424 — Deux Supports, forme baril, en porcelaine de Chine à décor bleu.

425 — Miroir dans un encadrement de style Henri II, en noyer sculpté.

426 — Deux Bustes de jeunes femmes sur leurs consoles applique en biscuit de porcelaine.

427 — Fontaine avec bassin en faïence à décors d'après Téniers, avec support-applique en chêne sculpté.

428 — Écuelle, coupes, théières en porcelaine moderne décorée.

429 — Jardinières en majolique de Menton.

430 — Brûle-parfum en bronze japonais.

431 — Deux Flambeaux cassolettes style Louis XVI, en bronze.

432 — Sonnette à figurine d'enfant en bronze ciselé.

433 — Garniture de billard en bronze, composée de quatre mascarons et quatre groupes de fruits pendantifs.

434 — Pendule religieuse en marqueterie de cuivre avec pilastres à chapiteaux.

435 — Paire de vases en faïence italienne à deux anses serpents et décors de figures mythologiques.

SALON D'ATTENTE

436 — Six Appliques à deux lumières en émail cloisonné du Japon et bronze.

437 — Table de salle à manger en bois noir sculpté.

438 — Six Chaises en chêne sculpté.

439 — Une Suspension avec lampe.

440 — Deux Meubles en bois noir avec deux portes à glaces.

441 — Armoire à deux portes à glaces en bois noir sculpté.

442 — Petit Meuble vitré à deux corps en bois noir sculpté.

443 — Support formant jardinière en bois noir et incrustations d'ivoire.

VESTIBULE DU PETIT ESCALIER

444 — Deux Rideaux de portières en tapisserie de la fin du xvɪᵉ siècle, à nombreuses petites figures assistant à une fête nautique dans un parc avec parterre et palais, entourage en velours marron.

445 — Deux autres Rideaux de portières en tapisserie de la fin du xvɪᵉ siècle, représentant des personnages en riches costumes.

446 — Grande Banquette à dossier formée d'un cassone italien du xvɪᵉ siècle, en bois marqueté à figures d'enfants se jouant dans une frise de grecques, avec un écusson au centre et encadrée de rinceaux, d'oiseaux et de mascarons. Elle est munie de deux accotoirs terminés par des mufles de lions.

447 — Un Porte-Parapluies en chêne, avec glace.

448 — Six Chaises hollandaises, en marqueterie de bois
à fleurs, à dossier ovale, époque Louis XVI, garni de
cuir.

449 — Quatre Chaises style Louis XIII, en chêne
sculpté, dossier à deux traverses.

450 — Armoire Louis XIV, en chêne sculpté, à moulures et médaillons d'oiseaux.

451 — Armoire bretonne, à deux corps et à quatre
portes en chêne sculpté, avec galeries de petits balustres.

452 — Armoire bretonne à porte vitrée, en chêne
sculpté.

453 — Deux Gaines en marbre blanc, à moulures.

454 — Deux Vases cache-pots en Weedgwood, ton brun.
Sujets antiques en relief.

CUISINE

455 — Quatre Plateaux en cuivre jaune repoussé et
gravé du xvie siècle.

456 — Nombreuse Batterie de cuisine en cuivre.

COUR

457 — Deux grandes Vasques sur leurs socles, en grès
émaillé de Canton.

458 — Quatre Vases de jardin style Louis XIV, en
fonte.

TAPIS

Carpettes orientales et divers Tapis en moquette.

Quantité de Rideaux en guipure.

Plusieurs Cachemires de l'Inde.

CAVE

Environ 1,800 Bouteilles de Vins fins.

Nombreux Porte-Bouteilles en fer.

IMPRIMERIE MAULDE, DOUMENC ET Cⁱᵉ

144, RUE DE RIVOLI. — PARIS

Première Vente MONBRO

Par suite d'expropriation et de cessation de commerce.

MEUBLES, BRONZES

PORCELAINES, MARBRES

TABLEAUX DÉCORATIFS

DESSUS DE PORTES, ETC.

Vente les 9, 10, 11 et 12 Mars 1868

EXPOSITIONS { Particulière, le Samedi 7 Mars 1868
Publique, le Dimanche 8 Mars 1868

Mᵉ CHARLES PILLET, | M. FEBVRE.
COMMISSAIRE-PRISEUR | EXPERT

1868